Idee und Text von Dietmar Schönherr
Bilder von Gottfried Kumpf

Ruzzitu

AT Verlag
Aarau · Stuttgart

Die Kinder machen einen Schulausflug.

Alle tragen einen kleinen Rucksack.
Zwei Buben lassen einen Drachen steigen, der im
Wind herumzappelt.
Struppi, dem Schnauzl, hängt die Zunge heraus –
vom vielen Laufen.

Die Sonne steht steil am Himmel, als die Kinder
zum Bärenhof kommen, dem Gasthaus mit schattigem
Garten.

Hans und Berta spielen mit dem grossen, rot-
äugigen Stallhasen. Als sie unter das grüne Dach
der Kastanienbäume zurückkehren, ist die Klasse
weg – weitergezogen.

Es ist furchtbar still. Nur von weitem hört man
ein einzelnes Kinderlachen. Da gehen sie hierhin
und dorthin, Berta schaut in alle Seitenwege,
Hans hält von allen Hügeln Ausschau. Nichts ist
zu sehen.

Sie setzen sich auf einen Brunnenrand, fest neben-
einander, schauen die lange Strasse hinunter und
hinauf und sehen weit nichts und breit nichts –
kein einziges Kind.
Berta fängt an zu weinen.
Hans pfeift ein Liedchen, damit Berta sieht, dass
er sich gar nicht fürchtet.

Plötzlich hören sie Wiehern und Hufgeklapper.
Und wie aus dem Boden gewachsen steht ein Pferde-
wägelchen da, altersschwach, mit einem tonnen-
förmigen Leinwandverdeck.
Auf dem Kutschbock sitzt ein schwarzhaariger Mann
mit einem riesigen Schnauzer.
Nein, nicht mit einem Riesenschnauzer, gemeint ist
natürlich ein Schnurrbart.

Er lüftet seinen spitzigen Hut, dass die Feder darauf wackelt, und sagt mit tiefer Stimme: «Kinder,
ich bin der Zigeunerkönig Ruzzitu und nähm' euch
gern ein Stückl mit.»

Die Kinder klettern auf den Kutschbock, nicht ohne
sich zu fürchten. Denn immer haben ihnen die Erwach-
senen gesagt, dass Zigeuner böse Menschen seien,
die kleine Kinder stehlen, wie andere Leut' Hühner.

Kaum sitzen sie neben Ruzzitu, galoppiert das Pferdchen auch schon dahin.

Hans und Berta klammern sich an Ruzzitus Rock-
ärmel, und der Zigeunerkönig schnalzt mit der
Zunge und ruft in den Wind: «Fürchtet euch
nicht!»

Später halten sie an einem schönen, tiefblauen
See. Die Wellen plätschern leise ans Ufer, Fische
springen silbern in die Luft.

«Wir wollen ein Fischlein fangen», sagt Ruzzitu.
«Ihr habt sicher Hunger.»
Er zaubert Angelruten unter der Stoffplane hervor,
und schon zappelt der erste Hecht an der Angel.

Gerade als sie genug Fische beisammen haben, dass
alle drei satt werden könnten, kommt über den
Hügel ein endslanges, silbernes Auto gebraust,
mit einem Gesicht wie ein Haifisch. Heraus steigt
ein dicker Mann mit kahlem Schädel.

«Was macht ihr da?» schreit er. «Stehlt mir die
schönsten Fische weg! Die Fisch' gehör'n mir und
das Ufer und das Wasser und die ganze Gegend,
soweit ein Falkenauge reicht. Ich bin der Plastikfabrikant Nitverrott!»

«Was für Fisch' meinst du denn?» fragt Ruzzitu
ganz erstaunt.
Er öffnet den Korb, wo er gerade noch die Fische
hineingetan hat – auf den kühlen Blättern liegen
lauter Bachsteine.
Dann schnalzt er mit seiner Peitsche, die doch
eben noch eine Angel war, und Hans und Berta
haben Stecken in der Hand, an denen bunte Bänder
flattern.

«Wenn ich euch noch einmal hier erwisch', hetz'
ich die Hund' auf euch», schnauft Nitverrott,
«und das Baden ist auch verboten in meinen
Gewässern, verrrboooten für Mensch und Vieh!»

«Was bist du für ein Plastikfabrikant?» fragt
Ruzzitu, «wo steht dein Werkl und wieviel Leut'
hast du?»

«Ich bin ein grosser Plastikfabrikant», sagt Nitverrott stolz. «Dort wo der schwarze Rauch übern
Hügel kommt, steht mein Werk. Und Leut' hab' ich
keine, weil alles automatisch ist. Nur einen Wald-
aufseher hab' ich und einen Wegmacher und einen
Brunnenbohrer und drei Gärtner für meinen Park.
Und Leut' wie dich, die freche Fragen stellen,
lass' ich auspeitschen von meinen eigenen Wäch-
tern.»

Ruzzitu lacht so laut und tief, dass es klingt
wie ein Nebelhorn.
«Ich bin der Zigeunerkönig Ruzzitu», sagt er dann.
«Und deine Wächter fürcht' ich nicht.»

Die Kinder und Ruzzitu steigen auf das Wägelchen, und los geht's.

Nitverrott fährt ihnen nach, mit der Haifischschnauze immer einen Meter hinter dem Zigeunerwagen, und hupt. An einer besonders schmalen Stelle versucht er, sie vom Weg zu drängen.

Ruzzitu schwingt die Peitsche.

Das Rösslein Galoppo fliegt dahin – das Hufgeklapper wird immer leichter, das Wägelchen hebt vom Boden ab und schwebt in den blauen Himmel hinein. Unten sehen sie Nitverrott, wie er wütend mit der Faust droht. Aber sein Fluchen hören sie nicht.

Die Sonne – rot wie eine Blutorange – steht schon tief.

«Weisst du, Ruzzitu», sagt Hans, «wir müssen bald heim, es ist schon spät.»

«Ach, macht euch keine Sorgen», dröhnt der Zigeunerkönig in den Wind, «ab jetzt steht die Zeit still. Ich halt' sie ganz einfach an. Da kommt ihr immer noch früh genug nach Hause.»

Berta, Hans und Ruzzitu sitzen um ein Feuerchen,
das sie aus trockenen Zweigen gemacht haben.
Der Duft des brennenden Holzes, der würzige Geruch
von bratenden Kartoffeln und frischen Fischen
steigt ihnen in die Nasen.
Denn, stellt euch vor, der Korb war auf einmal
doch voller Fische.
Da muss auch Ruzzitu aus seinen verschmitzten
Augen lächeln.

Die Kinder essen und schmatzen vor Vergnügen.
Später spielt Ruzzitu auf einer kleinen Flöte
Lieder, die sehnsüchtig klingen, aber doch froh
machen.

Wieder hebt sich das Wägelchen in die Luft. Die Mähne des Pferdchens Galoppo fliegt im Wind, tief unter ihnen bleibt das Land mit Seen und Wiesen und Wäldern – und die schwarze Wolke aus Nitverrotts Fabrik.

Ruzzitu setzt mit seinem Wägelchen zu einer Steilkurve an. Hans und Berta jauchzen vor gruslligem Vergnügen. Auf der einen Seite hebt sich die Landschaft, als würde sie zu ihnen heraufgeklappt, auf der anderen Seite sieht man nur noch den Himmel, unendlich hoch, von weissen Wolken durchzogen, die wie riesige Wattebäusche vorbeischwimmen.

Auf den Wegen unter ihnen, die aussehen wie die Striche auf einer Kinderzeichnung, fährt Nitverrott in seinem silbernen Automobil, eine Staubfahne hinter sich herziehend.
Sie hören ihn wütend hupen.
«Geht mir aus der Sonne!» schreit er. «Verschwindet aus meiner Luft, verduftet aus meinem Himmel, verdünnisiert euch endlich! Ihr stehlt nicht nur meine Fisch' – ihr stehlt auch meine Zeit! Und Zeit ist Plastik!»

Und wie er so schimpft und nicht aufpasst, purzelt sein Auto kopfüber in seinen eigenen See. Nitverrott droht zu versinken. Er schlägt mit Arm' und Bein' und schreit: «Hilfe, Hilfe! So helft mir doch!»

«Das Baden in deinen Gewässern ist verboten», ruft Ruzzitu hinunter, «wir können dir nicht helfen!»
«Ich erlaub's», schreit Nitverrott mit angstvoller Stimme, «– ausnahmsweis'!»

Da tauchen sie hinunter und fischen ihn heraus und setzen ihn ans Ufer, wo er triefend hocken bleibt. Die Lippen presst er zusammen wie ein schmollendes Kind. Und dann sagt er doch danke, aber so leise, dass man es kaum verstehen kann.

Ruzzitu holt eine Decke aus seinem Wägelchen. Damit wickeln die Kinder den frierenden Nitverrott ein.

«Wenn du alles verboten hast», fragt Hans, «was dürfen wir dann überhaupt?»
«Ihr dürft den Mund halten und artig sein, und wenn ihr gross genug seid, dürft ihr arbeiten.»
Nitverrott klappert mit den Zähnen.
«Hast du keine Kinder, Nitverrott?» will Berta wissen.
«Nein», sagt er und schüttelt den Kopf, «ich habe niemand.»
Und viel zu laut fügt er hinzu: «Gott sei Dank! – Und jetzt verschwindet mitsamt dem Zigeuner, bevor ich doch noch die Wächter hol'!»

Ruzzitu lächelt traurig.
«Kinder», sagt er, «wir gehen. Dieser Nitverrott ist so ein armer Kerl, dass mir das Herz bricht.»

Langsam holpert das Wägelchen durch die blühenden Wiesen. Ruzzitu schweigt. Die Kinder denken nach.

«Wie könnte man diesem Nitverrott nur helfen?» sagt Hans in die Stille.
Und dann haben sie eine Idee.
Sie pflücken einen grossen, bunten Blumenstrauss.
Ruzzitu knallt mit der Peitsche, und in sanftem Flug gleitet Galoppo mit dem Wägelchen zum Schornstein von Nitverrotts Fabrik empor.
Dicke Rauchschwaden quellen aus dem Schlot in den Himmel. Ruzzitu kurvt um die Fabrik, und die Kinder stecken den Blumenstrauss in den Schornstein, der nun aussieht wie eine riesengrosse Vase.
Der schwarze Qualm ist gestoppt. Ein frischer Wind fegt den Himmel blank.

Nitverrott kommt auf den Fabrikhof gelaufen. Sein Kugelkopf sieht aus wie ein Luftballon, der gleich platzt.

«Was habt ihr nun schon wieder angestellt?» brüllt er hinauf.
Aber dann schlägt er die Hände über dem Kopf zusammen und ruft überwältigt: «Ist das schön!» – und dann lacht er, dass sein runder Bauch auf und ab hüpft.

Als das Wägelchen mit Ruzzitu und den Kindern auf dem Fabrikgelände landet, ruft Nitverrott immer und immer wieder: «Ach, ist das schöön!»
Hans und Berta tanzen um Nitverrott herum. Und auf einmal legt er seine kurzen Arme um die Schultern der Kinder und tanzt mit.

Die Kinder sind glücklich und müde.

«Ich bring' euch nach Hause», sagt Ruzzitu.
«Jetzt lass' ich die Zeit wieder los. Da wird
es gleich Abend sein.»
Hans und Berta klettern in das Wägelchen.
«Ich würd' auch gern einmal mitfliegen, Herr
Zigeunerkönig», sagt Nitverrott.
«Dich nehm' ich ein andermal mit», verspricht
Ruzzitu, während er schon die Peitsche schwingt.
Und gleich sind sie hoch in den Lüften. Unten
sehen sie Nitverrott immer kleiner werden. Ganz
allein steht er vor seiner grossen Fabrik.

Einen Windhauch später landen sie vor dem grossen
Wohnblock, wo Hans und Berta zu Hause sind.
Die Kinder verabschieden sich von Ruzzitu und
winken ihm und dem Pferdchen Galoppo lange nach.
Da erscheint die Mutter auf dem Balkon.
«Mama, Mama, schau, wer uns nach Hause gebracht
hat», ruft Berta.
«Ich sehe nichts», erwidert die Mutter.
Das kann sie auch nicht, denn schon sind Rösslein
und Wagen am Abendhimmel entschwunden.
Sie sind so weit, dass nur Kinderaugen sie noch
sehen können. Und wer die Ohren spitzt, kann
Galoppo wiehern hören.

«Wir sind mit dem Zigeunerkönig Ruzzitu durch die
Luft geflogen», erzählen die Kinder.
«Ihr macht Witze!» sagt die Mutter und schüttelt
lachend den Kopf.
Denn was sie nicht sieht, das glaubt sie nicht.

Am nächsten Morgen fährt Nitverrott zu seiner
Fabrik.
Er holt Pinsel und Farbe.
Und dann übermalt er alle Verbotsschilder und
schreibt in grossen Buchstaben darauf:

Baden ist erlaubt
Fischen ist erlaubt
Feuermachen ist erlaubt
Pilzesuchen ist erlaubt
Blumenpflücken ist erlaubt
Das Betreten des Rasens ist erlaubt

Mit der letzten Farbe pinselt er ans Fabriktor:

Die Fabrik ist geschlossen

Ich danke der 4. Klasse
der Schule Ahorn in Zürich
für ihre Mitwirkung
an diesem Buch

Dietmar Schönherr

2. Auflage 1979

© Copyright by AT Verlag, Aarau (Schweiz) 1978
Fotolithos: Max Meier AG, Küttigen (Schweiz)
Herstellung: Grafische Betriebe Aargauer Tagblatt AG, Aarau (Schweiz)
Printed in Switzerland – ISBN 3 85502 035 3